Bügeln mit Evian

Sehnsucht nach dem perfekten Leben.

© 2020

Autor: Mathias Wollweber

Herstellung und Verlag: BoD - Books on Demand, Norderstedt

ISBN-Nr.: 978-3-8370-3250-5

Für Anja.

Bügeln mit Evian

Sehnsucht nach dem perfekten Leben.

Mathias Wollweber

Vorwort

Perfektion ist ganz sicher eine individuelle und sehr subjektive Bewertung. Ich zum Beispiel bin der festen Überzeugung, die perfekte Frau geheiratet zu haben – ich bin hingegen nicht sicher, ob meine Mutter immer der gleichen Meinung ist.

Aber so ist es ja mit vielem. Kleidung, Verhaltensweisen, Aussehen, Autos, Beruf, Überzeugungen ... jeder legt für sich fest, was in seinen Augen perfekt ist und was nicht. Doch ganz so einzigartig sind die Betrachtungen nicht, denn schließlich werde ich beeinflusst von Moden und Trends, die mir tagtäglich durch die Medien und Meinungsmacher präsentiert werden.

Faszinierend dabei ist: Sehr schnell bezeichne ich eine andere Person als perfekt, nicht aber mich selbst. Vielleicht, weil es mir gelingt, dort einzelne Leistungen separat zu beurteilen, ich bei mir selbst aber immer die komplexen Züge sehe – und somit auch die Fehler.

Weiß ich, wie es bei der Queen im Auto aussieht? Hat sie vielleicht auch wochenlang einen Apfel unter dem Fahrersitz, der am Heißluftauslass langsam anfängt zu gammeln, bis man ihn anhand des Geruchs finden kann? Oder hat sie vielleicht auch manchmal kein Toilettenpapier?

Ich jedenfalls bin nicht perfekt. Ich bin unpünktlich, unordentlich, unzuverlässig ... und unzufrieden.

Warum? Weil ich gerne perfekt wäre. Ich würde meine Seele dafür geben, zu den Männern zu zählen, die in jeder Situation wissen, was sie sagen sollen, die immer richtig gekleidet sind, die stilsicher auswählen und für ihre bloße angenehme Präsenz bewundert werden. Ich sähe gerne gepflegt aus – aber mit diesem Hauch von Wildheit; hätte gerne diesen selbstverständlichen muskulösen Körperbau – aber ohne Muckibude; wäre gerne unglaublich intelligent – aber nicht überheblich. So wie diese tollen Kerle aus den Erzählungen, Büchern, Werbespots, Filmen, Magazinen und Kurzgeschichten.

Eigentlich müsste ich als erwachsener Mann wissen, dass man sich nicht mit den Stereotypen aus der Traumfabrik vergleichen sollte. Diesen Charakteren aus der Ursuppe der Perfektion, die von ganzen Teams zurechtgestutzt wurden, um als Everybody's Darling in die Geschichte einzugehen. Mit jenen kleinen perfekten Fehlern, die sie nur noch liebenswerter und unwiderstehlicher machen, als sie ohnehin schon sind.

Ja, ich sollte es besser wissen.

Und dennoch scheitere ich regelmäßig an den Verhaltensschablonen, die sich seit meiner Kindheit erfolgreich in meinem Hirn eingenistet haben. Vor meinem geistigen Auge messe ich mich mit imaginären Vorbildern, vergleiche mein Verhalten mit fiktiven Personen und ... ziehe klar den Kürzeren. Nicht nur weil die hohe Messlatte kaum erreichbar ist, sondern weil ich bei all den Bemühungen auch noch vergesse, wer ich wirklich bin. Die Sorge, nicht so perfekt zu sein, wie andere es an meiner Stelle gerade sein könnten, führt verheerenderweise auch noch dazu, dass ich nicht mal mehr ich selbst bin.

So weit, so gut. Bis an diese Stelle hätte ich da also ein lustiges kleines Problemchen – mit viel Potenzial für einen Therapeuten, aber noch lange nicht für ein Buch. Aber ich schreibe es trotzdem.

1. Kapitel

Perfekt sortiert.

Gina liegt an diesem verregneten Sonntagvormittag im November mit einem Buch auf der Couch und trinkt einen warmen Kakao. Ich sitze an diesem verregneten Sonntagvormittag auf meiner Bettkante und starre in meinen Kleiderschrank. Was ich dort sehe, stimmt mich sehr unzufrieden. Schon lange beschleicht mich dieses Unbehagen beim Öffnen meiner Schranktüren – doch bisher konnte ich das Gefühl noch nicht klar definieren. Jetzt kann ich es. Im Laufe einer Nerven zehrenden Woche reifte in mir die Vermutung zur Erkenntnis – binnen 7 Tagen wurde auch ich vom Saulus zum Paulus. Mein Kleiderschrank ist von der Perfektion so weit entfernt, wie mein Auto von der Gewissheit, in unserer vollkommen zugemüllten Garage zu stehen.

Angefangen hatte es mit einer Einladung bei unseren Freunden Martin und Michaela. Michaela arbeitet in einem großen Bekleidungsunternehmen, Martin bei der Bank. Nach einem Jahr Tätigkeit in Milano ist seine berufliche Zukunft hier mehr als gesichert und die beiden haben im engsten Kreis zur Einweihung Ihrer neuen Wohnung geladen. Die Feier war letzten Samstag – also vor sieben Tagen.

Wir hatten keinen Babysitter und nahmen unseren einjährigen Sohn mit, was an sich schon keinen sehr entspannten Abend in Aussicht stellte, denn Martin und Michaela sind kinderlos, machen gerne Fernreisen und haben eine Dachwohnung.

Für junge Eltern bedeutet das Alarmstufe rot: Teurer unersetzlicher Nippes aus aller Herren Länder, die ich aus Angst vor den unzähligen Impfungen nur aus dem Bildband kenne. Das alles, wegen der vielen Dachschrägen und somit fehlender Regale, in erreichbarer Höhe für einen Einjährigen, der zwar mit großem Stolz seine ersten Schritte macht, der aber auch in einer Vase aus der zweiten Ming-Dynastie Rettung vermutet, sobald er ins Straucheln gerät – und null Verständnis auf Seiten der sonst kinderverschonten Gastgeber.

Mein Abend gestaltete sich also folgendermaßen: Ich lief in gebückter Haltung durch die sehr geschmackvolle 3-Zimmer-Wohnung, meine beiden Hände waren zu Pistolen geformt und um den Lauf packten mich die kleinen Händchen meines Sohns, der glucksend das Tempo und die Richtung vorgab. Meine Verschnaufpause legte ich immer dann ein, wenn wir zufälligerweise am Glas-Couchtisch und an meinem Weinglas vorbeikamen. Hier löste ich mich kurz aus dem Klammergriff, setzte das Weinglas an und dehnte beim Trinken gleichzeitig meine Bandscheiben. Aufgefordert von der Lockerungsübung, wollte sich Gina erheben und mich ablösen, was ich jedoch mit einer gönnerhaften Handbewegung völlig ablehnte – hatte ich doch die bewundernden Blicke zweier nicht unattraktiver Mütter wahrgenommen, die mir verstohlen und (ich meinte) neidvoll zusahen, wie ich mit jedem Schritt, den mein kleiner Genträger machte, der perfekten Vaterrolle ein Stück näher kam – zumindest in ihren Augen. Gina hatte dieses kleine Schauspiel längst durchschaut und genoss den Abend.

Es ergab sich also, dass mein Sohn und ich irgendwann im Flur auch einmal nach links abbogen und in Richtung Schlaf-Ankleidezimmer watschelten. Vorbei an den afrikanischen Fruchtbarkeitsstatuen aus schwarzem Holz, deren überdimensionale Genitalien meinem Racker die meiste Freude bereiteten. Er gluckste und marschierte schnurstracks ins Schlafzimmer. Ich, Paulus, witterte meine Chance – ich ließ also den kleinen Mann auf alle Viere, streckte mich und folgte ihm mit den Worten »Du kannst doch nicht einfach in fremde Zimmer rein, komm sofort wieder da raus« ins Gemach. Türe zu, keine Blicke von draußen und schon öffnete ich die rechte Tür des Kleiderschranks.

So wie ich muss sich die Frau des biblischen Lots gefühlt haben, als diese sich auf der Flucht vor Gomorrha noch einmal umschauten und augenblicklich zur Säule erstarrten. Ich wollte meinen Augen nicht trauen. All das, was Michaela uns unter Lachen so oft erzählt hatte, war wahr. Martin sortierte tatsächlich seine Anzüge, Hemden und Krawatten nach Farben. Die Socken lagen gerollt in kleinen Holzschachteln, die Schuhe hatten Schuhspanner und alles hing natürlich auf Teakholz-Bügeln. Diese Ordnung, dieser Überblick, diese .... so sah mein Schrank bisher nur einmal aus: im Ausstellungsraum des Möbelhauses.

Wie geblendet vor Neid, schloss ich leise die Schranktür und suchte meinen Weggefährten, den ich aufrecht schwankend an einem vollgesabberten Nachttisch fand. Ich wischte, so gut es ging, die Flüssigkeit mit dem champagne farbenen Seidenbettzipfel ab und kehrte zurück ins Wohnzimmer, wo ich einen kräftigen Schluck aus meinem Weißweinglas nahm und mich nun gerne von Gina ablösen ließ.

Sieben Tage später sitze ich jetzt also vor meinem Schrank, neben mir auf dem Bett liegen fünfundvierzig nagelneue Holzbügel und ich überlege, wo ich anfangen soll. Im Gegensatz zu Martin habe ich wenig Anzüge, noch weniger Krawatten, dafür aber jede Menge cooler bunter T-Shirts, Cargo- und Stoffhosen und ... und ... und ... Doch mein Ziel ist klar: Ich möchte den stilsichersten Kleiderschrank der Nordhalbkugel. Ich will, dass jeder, der sich in mein Schlafzimmer verirrt und auf der verzweifelten Suche nach dem Ausgang aus Versehen meine Schranktür öffnet (so lautete zumindest die offizielle Version, wie ich meine Schrankspionage bei Martin und Michaela vor Gina gerechtfertigt hatte), glaubt, er hätte einen Geheimgang zum Armani Store, Mailand, gefunden. Ich will den perfekten Kleiderschrank.

Also raus mit den kuscheligen XXL-Kapuzenshirts, weg mit den allzu bunten Hemden, nieder mit den Cargohosen, der Gürtel eine Katastrophe, die Pullis trägt doch wirklich keiner mehr – auf meinem Bett türmt sich ein Berg, mit dem ich ein ganzes Flüchtlingslager ausstaffieren könnte. Fast so hoch wie der Berg mit Bügelwäsche in der Ecke neben dem Nachttischschrank.

In meinem Kleiderschrank hingegen wird es jetzt tatsächlich etwas übersichtlicher. Ich hatte auch vollkommen vergessen, dass in zweiter Reihe hinter den T-Shirts noch mal die gleiche Anzahl Klamotten lag.
Nach dem Sortieren bin ich halbwegs zufrieden. Vor dem Schrank stehen vier große Kleidersäcke mit altem

Kram, den doch wirklich keiner mehr tragen würde – bunt und bequem, mehr aber auch nicht. In den Regalen thronen die Highlights meiner Eitelkeit in grau, schwarz, weiß und einige wenige Bluejeans. Alles passt zusammen, ich könnte blind kombinieren und wäre gut angezogen.

Die vier Kleidersäcke sind gut im Keller verstaut und ich kehre zurück mit acht Haken und einer Zange. Im Abstand von sieben Zentimetern schraube ich die Haken in die Unterseite des obersten Einlegebodens meines Schranks und ... hänge fein säuberlich meine acht Sonnenbrillen in jeweils einen der Haken. Ich beginne links mit braunen Gläsern und ende rechts mit den leicht getönten und etwas verspiegelten Tagesgläsern. Tataaa.

Mancher Innenarchitekt, mit dem Schwerpunkt Corporate Furniture for Fashion-Stores, würde begeistert in die Hände klatschen – Gina, angelockt von meinem Fluchen während der Schraubaktion, lächelt wortlos und verlässt kopfschüttelnd das Zimmer.

Mein Sonntagabend ist gerettet. Ich sitze im Jogging-
anzug neben Gina auf der Couch, nippe an meinem
Chardonnay und fühle mich eleganter, stilsicherer,
gepflegter und exklusiver als je zuvor. Ja, ich nehme
sogar die gelieferte Pizza aus dem Karton, lege sie auf
unsere besten Teller und wir speisen mit dem Tafel-
silber meiner Mutter.

Montagmorgen. Es ist 08:00 Uhr und schon recht
warm draußen. Ich suche meine Armyhose und das angenehme pinkfarbene Shirt von GSUS – Mist, das steckt
wohl irgendwo in den vier Säcken im Keller. Ich richte
meinen Blick auf die wenigen Lagen an Oberteilen
im Schrank. Geringe Kenntnisse im Tragekomfort der
dort vorhandenen Kleidungsstücke machen mich unsi-
cher in der Auswahl meines heutigen Outfits. Was ich
am Ende auswähle, ist aber definitiv sehr chic.

Montagabend. Mein erster Weg führt in den Keller. Ich
ziehe das völlig verschwitzte CoolWool-Longshirt aus
und werfe es auf den schwarzen Wäschehaufen vor

der Waschmaschine. Mein nächster Weg ist der zu den vier Kleidersäcken. Ich reiße seitlich ein Loch in den Sack, aus dem mich knallpink mein GSUS-Shirt anlacht. Kann ja nicht schaden, auch mal einen solchen Farbakzent zu kombinieren. Und Platz im Schrank habe ich ja allemal. Ich komme die Treppe hoch und Gina versetzt mir den Todesstoß. In der Hand hat sie zwei Sonnenbrillen.

»Die lagen bei mir im Auto, ich glaube, die gehören dir.«

»Boh.« Ich wusste, dass ich gestern irgendetwas vermisst hatte beim Perforieren des Einlegebodens. Na ja, halb so schlimm. Eine habe ich immer an, eine im Auto als Ersatz ist ok, bleiben acht für die Haken. Perfekt.

Donnerstag.

Irgendwie ist es die Woche immer wärmer geworden und das im November – kann ja keiner ahnen. Ich habe die vier Kleidersäcke sicherheitshalber mal ins Schlafzimmer geholt, nachdem ich jeden Morgen unten im Keller nach Klamotten suche. Ich würde die Oberteile ja auch in den Schrank einräumen, aber ich habe im Fach keinen Platz mehr, weil die Sonnenbrillen davor rumbaumeln.

Samstag.

Martin, Michaela und einige andere sind zu Besuch. Kein Problem – ich habe das Schlafzimmer abgeschlossen.

2. Kapitel

Perfekt Zeit messen.

In meiner Nachttischschublade befindet sich eine wunderschöne Schatulle, in der ich meine Automatik-Uhren aufbewahre. Als Mädchen hatte Gina in dieser Kiste die selbstklebenden Bildchen für das Poesie-album gesammelt – außen golden schimmernder Stoff mit Streifen und kleinen Wappen, innen roter Samt. Optisch eine Mischung aus Gucci und Queen Mum. Der ideale Ort für meine Automatik-Uhrensammlung.

Ich gestehe an dieser Stelle meinen Uhrentick, den ich von Opa Willi (mütterlicherseits) geerbt habe. Stolz nenne ich heute elf mechanische Zeitmesser mein Eigentum, von der günstigen, aber nicht weniger kultigen Citizen-Divemaster bis hin zu einer etwas wertvolleren, aber nicht protzigen Mühle Glashütte.

Leider hat Monsieur Breguet bei der Erfindung der Au-tomatikuhr im Jahre 1780 wohl nicht damit gerechnet, dass man im Jahr 2008 durchaus mehrere solcher Chronometer sein Eigen nennen könnte, ohne über die entsprechende Anzahl an Pagen zu verfügen, die den ganzen Tag nichts anderes zu tun hatten, als jene Uhren per Hand in Bewegung zu halten.

Deshalb wäre es äußerst praktisch, bei einer solchen Ansammlung von mechanischen Zeitmessern einen so genannten Uhrenbeweger zu besitzen, der die Schwungräder kontinuierlich auf Trab hält. Im Gegensatz zur Quarzuhr wandelt die Automatikuhr ja bekanntlich kinetische Bewegungsenergie um. Oder eben nicht.

Was mich – abgesehen vom Preis – bisher davon abgehalten hat, einen Uhrenbeweger käuflich zu erwerben, ist ein nahezu philosophischer innerer Konflikt: Verträgt es sich mit der Leidenschaft für die puristischen Meisterwerke der Mechanik, ein strom- oder gar batteriebetriebenes Gerät dafür einzusetzen, die Uhren in Gang zu halten?

Ich bin also in der komfortablen Situation, zu verschiedenen Outfits, Gemütsstimmungen oder nach Lust und Laune aus elf verschiedenen Uhren die richtige auszusuchen. So weit, so gut.

Für Gina bedeutet das schlicht und ergreifend: Meine Armbanduhr passt zu meinem Gürtel und den Schuhen, geht aber 23 Tage, 6 Stunden, 31 Minuten und 47 Sekunden nach. Ich finde das nicht so tragisch, da ich sowieso kaum auf meine Armbanduhr schaue. Wobei Gina die Theorie vertritt, ich hätte mir das abgewöhnt, weil meine Uhren ohnehin nie richtig gehen. Wie auch immer. Es würde sicher von ihr als nette Marotte akzeptiert, wäre da nicht die Tatsache, dass ich zugegebenermaßen manchmal etwas später bin als angekündigt.

Das Fatale dabei ist: Ich trödele nicht – nein. Ich glaube, das ist überhaupt generell die Fehleinschätzung all derer, die immer pünktlich sind (oder noch schlimmer derer, die immer zu früh da sind). Pünktliche Menschen glauben: Wer zu spät kommt hat seinen Tagesablauf oder gar sein Leben nicht im Griff. Totaler Quatsch. Fakt ist: Der Wunsch perfekt zu sein, nimmt eben eine gewisse Zeit in Anspruch – und das ist der Grund, warum ich nicht immer pünktlich bin. So einfach ist das.

Zwei Ringe, eine Halskette und eine Uhr. Dummerweise

ziehe ich meistens meine Schmuck-Utensilien im Badezimmer aus und es ist abends ehrlich gesagt viel bequemer, sie auf der Ablage unter dem Spiegel zu vergessen, als sie in eine stoffbezogene Gucci-Lookalike-Box im Nachttisch zu betten.

Seltsam ist nur, dass ich jeden Morgen mit dem festen Glauben aufwache, perfekt zu sein. Und so suche ich die Sachen natürlich dort, wo sie ein perfekter Mensch hingetan hätte: in der Schmuckschatulle im Nachttisch und nicht irgendwo im Bad zwischen Wattestäbchen, Rasierschaum, Zahnpasta und Haargel.
Ich stelle also spätestens im Auto fest: keine Uhr, kein Ring – suche dann im Nachttisch und finde schließlich alles im Bad. Wie bitte schön soll man denn da pünktlich sein?

In Kombination mit Uhren, die nicht funktionieren, ergänzt sich das in Ginas Augen zu einem charakterlichen Defizit.
»Kannst du mir mal sagen, wo du bleibst?«

»Wieso, dein Aerobic-Kurs beginnt doch erst um sieben Uhr.«

»Es ist aber jetzt zehn nach sieben.«

»Ach so.«

»Wieso stellst du deine Uhren eigentlich nie?«

»Ich schaue da eh nicht drauf.«

»Würdest du aber besser.«

»Ich habe im Auto, im Büro, auf dem Computer und im Handy eine Uhr, das reicht doch wohl.«

»Und warum kommst du dann immer zu spät?«

IMMER – wieso maßen diese Menschen mit einem so verkorksten Zeitgefühl es sich an, mich zu kritisieren? IMMER ist einfach maßlos übertrieben.

Vor 4 Wochen zum Beispiel war ich der Erste im Büro. Genau 1 Stunde und 27 Minuten früher als die anderen. An dem Tag war Gina über Nacht bei ihren Eltern geblieben und ich hatte sicherheitshalber meine goldene Maurice Lacroix mit gebläuten Zeigern, geprägtem Ziffernblatt und schwarzem Lederarmband anbehalten. Und die ging eben 1 Stunde und 27 Minuten vor.

Bis die Kollegen kamen, hatte ich Kaffee gekocht, meine Emails gelesen, die Ablage geräumt und den Tag grob geplant. Ich war völlig relaxed, denn meine Automatik hatte mir knapp anderthalb Stunden geschenkt - mit einer Quarzuhr wäre das nie passiert.

Selbstzufrieden lag ich im Bürostuhl, als das erste Mal an diesem Tag mein Telefon klingelte. Die Nummer im Display kannte ich.

»Hi, Gina.«

»Wieviel Uhr ist es?«

»8 Uhr 40 «. Ein Blick auf meinen Computer genügte.

»Eigentlich wolltest du mich um 8 bei meinen Eltern abholen und zur Werkstatt fahren.« Boh.

3. Kapitel

Perfekt bügeln.

»Weißt du, wie spät es ist?« ruft Gina aus dem Bade-zimmer, das Gesicht etwa zwei Zentimeter vor dem Spiegel, die Augen weit aufgerissen wie der Weiße Clown im Circus Maccaroni – sie tuscht sich die Wim-pern.

Ein geübter Blick auf meine Automatik-Armbanduhr verrät mir gar nichts, ich habe sie heute morgen nicht gestellt. Mein Weg führt mich um die Ecke in die Küche zu den grün leuchtenden Ziffern der Uhr am Backofen. 20:33, die Uhr geht seit Monaten 2 Minuten nach ... also 20:35 Uhr.

»Mist«, entfährt es mir.

Um halb neun, also eigentlich vor fünf Minuten, wer-den wir von Freunden abgeholt und die gehören zu jenen Mitmenschen, die neben einigen liebenswerten Eigenschaften einen fatalen Fehler haben: Sie tragen Quarzuhren – und sind somit immer pünktlich.

»Halb neun«, rufe ich hoch ins Bad und »hast du mein schwarzes Hemd gesehen?«

»Lögt ön der Bögelwösche.« Das ist jetzt der Lidschatten, dabei verzerrt Gina sogar die Mundpartie.

Ich eile die 15 Stufen hinauf ins Schlafzimmer, wo ich seit Wochen einen gigantischen »Wöschebörg« tagtäglich umschichte. Abends räume ich ihn vom Bett vor den Kleiderschrank. Morgens wuchte ich den Klamottenpilz wiederum aufs Bett, um an den Schrank zu kommen. Dienstags kommt unsere Putzfrau, dann stopfe ich ihn in den Schrank, um ihn nachmittags – wenn die Luft rein ist – wieder aus dem Schrank zu zerren. Was allerdings von Woche zu Woche schwieriger wird, da dieses Mahnmal der Disziplinlosigkeit wächst und wächst und wächst.

Grundsätzlich hat so ein Outfitzwischenlager zwar auch seine Vorteile. Erstens bekämen Gina und ich niemals alles in den Schrank, hätten wir nicht die Waschmaschine, den Trockner und diesen Haufen als Sekundärstationen der temporären Aufbewahrung. Zweitens ist bei uns Bügeln wie Shopping. Manche Kleidungsstücke hat man schon total vergessen und findet sie dann 83 Tage später auf der Dampfstation überraschend wieder.

20:41 Uhr ... ich habe das perfekte Hemd für diesen Abend gefunden. Schwarz, Baumwolle, Slimfit mit Stretchanteilen. Treppe hinunter zu Bügelbrett und Eisen. Ein kurzer Blick ins Bad verrät mir, dass Gina bereits beim Lipgloss angekommen ist.

»Wo ist denn das destillierte Wasser?«
»Guck mal im Kämmerchen. Wenn keins mehr da ist, dann schreib es auf die Einkaufstafel.«
Wir haben eine wunderschöne antike Einkaufstafel mit silbernem Rahmen aus diesem tollen Einrichtungska-talog bestellt und schreiben gerne voller Entzücken mit echter Tafelkreide unsere Erledigungen darauf. Meistens erinnere ich mich im Geschäft daran, dass ich vor Tagen irgendetwas sehr Wichtiges auf die Tafel geschrieben hatte, leider aber völlig vergessen habe, was es ist.

Ich bücke mich und sehe den leeren Behälter mit ohne Bügelwasser. Wer schon einmal ein Baumwollhemd gebügelt hat, das seit 83 Tagen in einem gigantischen Stoffkollektiv hin und her geschichtet wurde, der weiß, dass ohne Dampf hier keine Falte zu glätten ist.

Nachdem ich aber bereits schon einmal in meiner Verzweiflung das Bügeleisen mit Leitungswasser aufgefüllt habe und anschließend mit den Dampfdüsen die weißen Kalkpotzen auf meine zu diesem Zeitpunkt einzige saubere schwarze Hose geschossen hatte, greife ich in diesen Situationen nur noch zur Geheimwaffe.

20:47 Uhr. Endlich steht das Bügelbrett direkt an der Flursteckdose (irgendjemand hat die Verlängerungsschnur geklaut) und ich arbeite mich gerade zur Manschette des linken Ärmels, da klingelt es an der Tür.

»Machst du auf?«

»Kann nicht ... bügele.«

Prrrrrrrrt. Gina – jetzt beim Frisieren – drückt oben den Türöffner und ich stehe mit Socken und Unterhose am Bügelbrett im Flur.

»Sorry, wir sind ein bisschen spät dran, aber wir haben gedacht ...«

Haben was gedacht? Ich hasse diese unausgesprochenen Gedanken von pünktlichen Quarzuhrträgern.

Der irritierte Blick von Moni galt dann aber nicht mir, wie ich Wochen später erfahren sollte, sondern der Literflasche Evian, die ich gerade wieder ansetzte, um den Bügeleisentank aufzufüllen.

Wir sitzen bei gemeinsamen Freunden und irgendwie ist das Gespräch auf die Pflege von Kleidungsstücken gekommen. Wie gewohnt, hält sich Gina bei diesen Themen dezent zurück, während ich dazu neige, meine haushälterischen Fähigkeiten in Sachen Waschen, Trocknen, Bügeln detailliert zu erläutern. Und irgendwie spornt mich heute die gebannte Aufmerksamkeit meines Auditoriums besonders an.

Am Ende meiner Ausführungen spüre ich Monis Blicke auf meinem Oberhemd, bevor sie sagt:»Also ich kann dir in Sachen Sorgfalt beim Waschen und Bügeln nur beipflichten. Ich bekenne mich auch zu denen, die ihrer Wäsche gerne mal etwas Gutes gönnen, und bügele hin und wieder mal mit Evian im Eisen.«

4. Kapitel

Perfekte Details.

Wer schon einmal in einer der größeren Städte Italiens war, der kann das bestätigen: Während man in Paris, Barcelona, Berlin und New York Menschen sieht, die sehr gut angezogen sind – in den Metropolen Italiens hingegen sind die Menschen perfekt angezogen. Fast möchte man glauben, die Italiener hätten ein Gen für das perfekte Accessoire.

Und oft sind es nicht die großen auffälligen Dinge, nein, ganz im Gegenteil ... eine Prada-Sonnenbrille, deren Strasslogo auf dem Bügel farblich auf die Satinkante der Bluse abgestimmt ist, reicht ja schon. Oder das naturfarbene Lederetui für das D&G-Handy mit den gleichen Steppnähten wie an den Schuhen oder wahlweise dem Gürtel, gerne natürlich auch beides gleichzeitig.

Ich stehe um 09:30 Uhr in einer langen Schlange in der neuen Bäckerei um die Ecke und stelle selbstkritisch fest: Niemand in Rom – außer vielleicht ein demenzkranker Franco Luigi – würde in meinem momentanen

Outfit beim Bäcker Brötchen kaufen gehen.

Mein Anorak geht in Ordnung, schließlich ist es kalt und ich kann mein pinkfarbenes T-Shirt einigermaßen mit der Jacke verdecken. Die cremefarbene Trainingshose passt farblich zum Anorak und ist um Längen besser als die Bundfaltenjeans des Individuums vor mir. Wären da nicht meine grünen Flipflops vom letzten Italienurlaub, in die ich mich eben mit einiger Mühe reingequält habe, schließlich ist das mit dem Zehsteg gar nicht so einfach. Jedenfalls nicht mit schwarzen Socken. Ja, es ist kalt.

Die Bäckerei hatte erst vor vier Wochen eröffnet und man konnte die ersten 3 Sonntage hier tatsächlich nahezu unerkannt und anonym Brötchen kaufen, ohne bereits das gesamte Procedere einer halbwegs passablen Morgentoilette hinter sich zu bringen. In meinen Gedanken sehe ich ein Foto von Popstar Madonna, welches in der letzten Gala abgedruckt war. Man sah sie mit einem grünen formlosen Nicki-Jogginganzug – ich hatte einen ähnlichen 1976 für Samstagabend

nach dem Baden. Madonna trug Kapuze über den un-
gewaschenenen Haaren, gelbe Sneakers und Sonnen-
brille. Danke, Paparazzi. Mit diesem Bild im Kopf fühle
ich mich ein bisschen besser.

Die Schlange rückt langsam weiter.

Liegt die wahre Perfektion nicht sowieso im Detail?
Oder besser: Ist nicht ein Detail Zeichen wahrer Perfektion – sinniere ich so in der Backstube mit einem
schmerzvollen Blick auf meine gespaltenen schwarzen
Socken in giftgrünen Sommerlatschen.

Der instinktiv Perfekte hat es nicht nötig, mit dem
Schrotgewehr auf Jagd zu gehen; er benötigt nur eine
Kugel auf seinem Streifzug und trifft immer die richtige Beute. Er macht sich keine Gedanken über Wirkung
oder Urteile anderer Menschen und trifft auch bei den
unwichtigen, unbewussten Entscheidungen immer die
richtige Wahl.

Der Perfektionswillige hingegen achtet nur auf die großen Dinge. Er hakt im Geschäft auf seiner Einkaufsliste
die wichtigen Dinge ab, auf die (wie er meint) seine

Mitmenschen achten, um ihn einzuschätzen und anschließend als Perfekt einzuordnen.

Die Gefahr: Man wirkt schnell rausgeputzt oder aufgesetzt und in den schwachen Momenten passieren kleine Ausrutscher. Meist in der alltäglichen Routine, in der man dazu neigt, über manchen Makel unbewusst hinwegzugehen ...

Ich habe da eine Theorie. (Ich sollte öfter in diese Backstube gehen.)

Unser Auge ist via Sehnerv mit dem Gehirn verbunden. Genau an der Stelle, an der dieser Sehnerv das Auge verlässt, hat unsere Netzhaut aber einen toten Punkt. Eigentlich müssten wir beim Sehen also immer 2 schwarze Punkte an dieser Stelle wahrnehmen – einen im linken und einen im rechten Auge. Wäre da nicht unser cleveres Gehirn: Es ignoriert diese blinden Flecke und simuliert das Gesehene nahtlos weiter. Fertig. List. Tücke.

Probieren Sie es aus. Zeichnen Sie auf ein kariertes A4-Blatt ein Kreuz und etwa zehn Zentimeter rechts daneben einen Kreis. Schließen Sie Ihr rechtes Auge und fixieren Sie mit dem linken das Kreuz. Verändern Sie Ihren Abstand zu dem Blatt ein wenig und irgendwann passiert es. Der Kreis verschwindet und Sie sehen nur noch das Kreuz auf einem vollständig karierten Blatt! Simulation.

Und jetzt meine Theorie: Das Kreuz steht symbolisch für meine Vision von einem perfekten Erscheinungsbild, das karierte Blatt ist mein aktueller Kleiderschrank und der Kreis ist ... sind diese grünen Flipflops. Oder wahlweise eine Mütze, ein Schlüsselanhänger, ein Handtuch im Fitnessstudio, ein Wasweißich – alle diese unspektakulären kleinen Sachen, um die man sich eigentlich keine Gedanken macht. Das Gehirn simuliert Perfektion und genau mit dem toten Punkt in der Netzhaut blamiert man sich beim Bäcker. Sonntagmorgens.
Die Kaufwilligen vor mir bewegen sich weiter Richtung Bäckereifachverkäuferin. Und mir wird langsam warm in dieser Jacke.

Nehmen wir doch einmal das Beispiel Fitnessstudio. Was?, werden die Einen jetzt denken. Gerade im Fitnessclub ist doch sogar beim schweißtreibendsten Kickbox-Kurs die Meute gestylt wie zur Oscarverleihung? Richtig.

Doch gibt es selbst bei den outfitverliebten Fitnessjunkies ein Utensil, das kaum Beachtung im Stylingkatalog findet. Das Handtuch ... das Monchichi-Handtuch aus dem Jahre 1975. Ausgeblichen, ausgefranst, und immer noch bescheuert.

Unbemerkt hat es sich aus Ginas Aussteuerkiste in den Wäscheschrank der ersten gemeinsamen Wohnung geschlichen. Lag direkt unter der Biberbettwäsche mit Sonnenuntergang. Arbeitete sich langsam nach oben – zu ihren Kopftüchern für Frisch-nach-der-Tönung, um dann nach unzähligen Waschgängen in der Geborgenheit meiner supercoolen Puma Oldschool-Sporttasche zu verschwinden. Ich habe mich in all den Jahren an seinen Anblick gewöhnt, es ist zum toten Punkt meiner Netzhaut geworden und dann breite ich es irgendwann donnerstagabends im meistbesuchten Kursraum des hiesigen Studios zum Sexy-Six-Pack auf der Isomatte aus.

Seitdem achte ich auf Handtücher und stelle fest: Mancheiner müsste gar nicht persönlich beim Therapeuten erscheinen – es würde reichen, sein Handtuch hinzusenden. Mein – besser gesagt, Ginas – Monchichi-Motivdruck ist da noch harmlos.

Das Winnie-Puh-Handtuch gehört zu Peter, 120 Kilo pure Muskelmasse, 1 Meter 80 groß, Glatze, seinen Kampfhund aufs linke Schulterblatt tätowiert. String-Katrin sieht aus wie frisch aus dem Aerobic-Video und turnt auf einem Fury-Pferdekopf.

Ich könnte stundenlang weiterdenken, aber die langsam aufsteigende Hitze lässt mich unterbrechen. Endlich bin ich dran. Gerade möchte ich drei Mehrkornbrötchen ordern, da eilen die beiden Bäckereifachverkäuferinnen hinter der Verkaufstheke hervor, geradewegs auf mich zu. Eine hält einen halben Meter Hefezopf mit bunten Bändern in der Hand.

»Herzlichen Glückwunsch«, schleudert die andere mir zu, »Sie sind unser eintausendster Kunde.«

»Oh«, brummele ich völlig irritiert, werde aber bereits links und rechts eingehakt und 180 Grad um die eigene Achse gedreht. Grelles Blitzlicht.

Am nächsten Morgen beim Frühstück erfahre ich dann, wie wichtig es ist, Hausschlappen, den Weg zum Bäcker und einen Kamm in die Überlegungen zur Perfektion mit einzubeziehen.

»Du hast gar nichts gesagt, gestern«, stellt Gina fest, während sie umblättert.

»Von was?«

Statt zu antworten, dreht sie die erste Lokalseite der Zeitung zu mir. Ein großes Farbfoto mit Unterzeile über den glücklichen eintausendsten Kunden der neuen Bäckerei um die Ecke. Zu sehen sind zwei zünftig gekleidete freudestrahlende Bäckereifachverkäuferinnen, in ihrer Mitte Inspector Columbo mit grünen Flipflops und einem Hefezopf in der Hand.

Ich hatte mir vorgenommen, heute neue Schlappen zu kaufen. Welche Auflage hat die Zeitung noch mal? Ist dann jetzt vielleicht auch egal.

5. Kapitel

Perfekte Partnersuche.

Drei Wochen lang habe ich fast ununterbrochen für diese Kundenpräsentation recherchiert. Die Planzahlen für das nächste Jahr konnte ich nach vielen Stunden der Verzweiflung schließlich doch in einige, wie ich finde, schlichte, aber durchaus akzentuiert gestaltete Powerpoint-Charts einbinden. So lange hatte es gedauert, bis die neuen Einstellungen an meinem nagelneuen Laptop vorgenommen waren. Als besonderen Clou für diese Präsentation wollte ich während meiner Ausführungen online auf die Tageskurse der einschlägigen Mitbewerber eingehen. Ich war mir des Sieges bereits sicher.

Gestern hatte ich mir noch ein weißes Hemd gekauft, weil ich heute morgen die lästige und zeitraubende Suche im Bügelwäscheberg vermeiden wollte. Laptop und Beamer waren gepackt, die Hinfahrt ging ohne Staus, Blitzanlagen oder Amokschützen vonstatten, meinen Rechner hatte ich vor Ort problemlos online anmelden können – mit anderen Worten ... es verlief nahezu perfekt.

In Sachen Kleidung habe ich die Damen und Herren dieses größeren Finanzunternehmens über den Dächern Düsseldorfs richtig eingeschätzt und mich entsprechend angepasst. Manschettenknöpfe, grauer Einreiher, Krawatte, etwas weniger Haargel und meine silberne Glashütte Nautische Instrumente Automatik mit blauem Ziffernblatt (geht 2 Stunden und 19 Minuten vor). Der Besprechungstisch, massiv Nussbaum, ist geschnitten wie der Rumpf einer Zehn-Meter-Segelyacht, wobei die Spitze (Bug) auf mich zeigt. Die beiden Vorstandsvorsitzenden sitzen genau am anderen Ende nebeneinander, da, wo normalerweise die Außenbordmotoren angebracht sind. Zu beiden Seiten reihen sich teuer gekleidete Frauen und Männer mittleren Alters, die sich mit ihren Schreibgeräten und Timern gegenseitig überbieten.

Rhetorisch einwandfrei lenke ich die geballte Aufmerksamkeit des gesamten Auditoriums auf die Zahlenreihen in Chart drei. Mit Genugtuung beobachte ich einige aus der EDV-Abteilung, die sich sogar leicht nach vorne lehnen, um wirklich jede Ziffer der aussagefähigen Tabellen erkennen zu können. Plötzlich ein ohrenbetäubendes PLING. Ich kenne das Geräusch meines Computers, kann es in diesen heiligen Hallen aber zunächst nicht richtig zuordnen – vielleicht der Akku. Falsch vermutet.

Doch erst die entsetzten Gesichter, insbesondere meiner weiblichen Zuhörer, lassen in mir das Gefühl aufkeimen, sicherheitshalber einen Blick auf die Wand hinter mir zu richten.

Haben Sie auch ein Emailprogramm, welches die ungelesenen Nachrichten im Posteingangsfach fett markiert und die ankommenden Emails inklusive der Betreffzeile im Vordergrund einblendet? Deaktivieren Sie es jetzt!

Ich drehe mich zur Leinwand, auf der die Projektion meines Monitors im Format drei mal vier Meter prangt. Unter der Chartüberschrift »Profilierung nach innen, Differenzierung nach außen« hatte sich völlig automatisch in einem klitzekleinen, nur ca. 1 Quadratme-

ter großen Extrafenster eine Emailnachricht geöffnet
– Betreff: »Fickgeile Schlampen möchten es online so
richtig von dir besorgt haben.«

Ich habe relativ schnell alles eingepackt und bin bereits auf der Auffahrt zur Autobahn. Wie und wo konnte ich bloß in eine solche Email-Datenbank geraten .... immer noch peinlich berührt, verlasse ich den Beschleunigungsstreifen und reihe mich in den Berufsverkehr ein.

Vier Überholmanöver später erinnere ich mich, dass im Büro vor wenigen Tagen die Rede von einer dieser Online-Partnerschaftsbörsen war. Aus rein beruflichem Interesse hatte ich mich abends auf der Seite einmal eingeloggt. Mann sucht Frau zwischen Zwanzig und Dreißig im Postleitzahlengebiet 5. Trotz dieser recht spartanischen Kriterien erhielt ich eine überwältigende Auswahl beziehungswilliger Frauen, die ihr Bild (meist Urlaubsfotos, auf denen die Betroffene braunrotgebrannt vor einer Palme grinst) mit Namen wie kuba79, megazicke oder uschibuschi unterzeichneten. Als hoffnungslos heterosexueller Mann hatte mich relativ schnell eines der lustvoll pulsierenden Banner abgelenkt, bei dem es um sehenswertere Fotogalerien ging. Aber: kein einziges Foto, dafür jede Menge Emails.

75 Minuten und 95 Überholmanöver später sitze ich wieder in meinem Büro, habe bereits mein vollautomatisches Emailprogramm auf manuelle Abfrage umgestellt und lösche die Powerpointpräsentation für einen Finanzdienstleister in Düsseldorf nicht nur von meiner Festplatte, sondern gerne auch aus meinem Gedächtnis.

»Oh, Gott.« Das war Paul. Ich schaue auf zu meinem Kollegen am Schreibtisch gegenüber, der völlig fassungslos auf seinen Bildschirm starrt. Paul ist 45, etwas muffelig, ledig und auf der Suche.
»Was ist?«, frage ich.
»Ich hab' ne Email bekommen.«
»Willkommen im Club.«

»Von der lilicat98.«

Aufmerksamen Lesern wird anhand des Pseudonyms der Absenderin aufgefallen sein, dass mein Kollege Paul soeben die Email einer Bekanntschaft aus einem Online-Partner-Portal erhalten hat. Nicht ungewöhnlich, da Paul seit einigen Wochen regen Nachrichtenaustausch mit lilicat78 pflegt. Ungewöhnlich hingegen ist seine Reaktion.

»Und? Was schreibt sie heute?«, frage ich deshalb weiter.

»Die will sich mit mir treffen.«

»Aber das ist doch genau das, was du wolltest.«

»Ja ... aber ... was soll ich der denn erzählen?«

»Das, was du sonst in mühevoller Kleinstarbeit mailst.«

»Ja, aber ... das ist doch ... was ganz anderes.«

Stimmt. Eigentlich hat die gesamte Bürogemeinschaft eine elektronische Beziehung zu lilicat98.

Paul ist nicht gerade ein Freund von Sensibilität und großen Worten – weder mündlich noch schriftlich. Das beweist schon sein eigenes Pseudonym, unter dem er sich in den Datenbanken eingetragen hat. Paul nennt sich paulaner69. Und nach vielen missglückten Versuchen, eine Frau fürs Leben zu finden, assistieren ihm aus lauter Mitleid nun sieben Kolleginnen und Kollegen bei seinem digitalen Briefwechsel. Kochtipps gibt Michael, Kinotipps kommen von Franca, Lebensweisheiten von Theo und so weiter und so fort. Ein ganzes Ministerkabinett hat es tatsächlich geschafft, lilicat98 zu beeindrucken. Und jetzt soll unser George W. alleine vor das Mikro.

Krisengespräch in der Teeküche. Es wird immer aussichtsloser. Paulaner69 gesteht, dass er sich mit einem falschen Geburtsdatum eingeloggt und somit 8 Jahre jünger gemacht hat. Kombiniert mit dem Foto von Michael und den Hobbies von Petra, sind das schon fast unüberwindliche Hindernisse für ein erfolgreiches Date. Wir erarbeiten eine Kampagne für sein erstes Treffen – sie lautet: jetzt oder nie.

Und während wir so dasitzen und die Strategie eines Abendessens für paulaner69 und lilicat98 diskutieren, denke ich an meine Frau Gina.

Seit 15 Jahren sind wir ein Paar – seit 10 Jahren glücklich verheiratet. Aber mittels einer Online-Datenbank hätten wir uns definitiv niemals kennen gelernt. Datenbanken gleichen Kriterien ab. Bei Übereinstimmungen zeigen sie dann die Trefferstatistik – den perfekten Partner.

Fangen wir mal an: In der Kategorie »Mein Lieblingsfilm« hätte ich eingetragen »Also sprach Bellavista«. Diesen Filmtitel hätte Gina bei »Todesstrafe« angegeben (der Kinobesuch auf mein Drängen hin wird mir von ihr heute noch vorgehalten). Ich trinke gerne und regelmäßig italienischen Rotwein – Gina trinkt einmal im Jahr einen Fingerhut selbst gemachten Eierlikörs nach Omas Rezept. Ich laufe Marathon, sie höchstens bis zum Auto. Ich bin sehr sicher: Meine Frau hätte ich übers Web nicht kennen gelernt. Meine Nachrichten wären in ihrem Spamfilter gelandet.

Nie hätte ich die Gelegenheit gehabt, sie unzählige Male von der Tanzstunde nach Hause zu bringen und sie so kennen und lieben zu lernen. Sie hätte nicht unseren Verlobungsring in die Gulaschsuppe fallen lassen können und ich hätte nicht dieses geschmacklose Sakko zu unserer Trauung tragen können. Ich wäre nicht ihr Lebenspartner, sondern ein Junk-Email in ihrem Posteingang – direkt neben den »Fickgeilen Schlampen«.

Das Date von paulaner69 und lilicat98 lief übrigens gut. lilicat98 – alias Elisabeth – die nicht verheimlichen konnte, dass die 98 im Absender nicht ihre Oberweite war, sondern das Gewicht bei 1,60 Körpergröße, entschuldigte im Gegenzug seine etwas wortkarge Art.

Wenige Monate später haben beide geheiratet. Elisabeth hatte vier, Paul sieben Trauzeugen.

6. Kapitel

Perfektes Zeitmanagement.

Die Welt setzt sich aus zwei Sorten Menschen zusammen. Einige, die so sind wie ich ... und die Perfekten, deren Mission es ist, mir an jedem Ort, zu jeder Zeit demonstrieren zu müssen, dass ich irgendetwas vergessen habe, nicht gut vorbereitet bin, Strafzettel verschlampe, Post zu spät öffne, Rückseiten nicht lese, verschwitze zu tanken, Joghurt zu spät aussortiere, mir Parkplätze in Parkhäusern nicht merke und ... während mir diese Gedanken durch den Kopf schießen, sitze ich in einem Meeting und schaue sehr neidisch auf mein Gegenüber.

Als Menschenkenner brauche ich ja nur wenige Details, um einen Perfekten direkt zu erkennen. Montblanc-Füller, Filofax schwarz Kroko, passendes Handy – so weit zu den arrangierten Utensilien vor ihm auf dem Tisch. Triumphierend stelle ich fest, dass ich mich, zumindest in der Auswahl dieser Business-Accessoires, messen könnte. Mein Blick wandert auf der hochglänzenden Tischplatte zurück zu meinen Arbeitshilfen.
Montblanc? Okay, okay. Leider habe ich erst heute Mor-

gen gemerkt, dass die Patronen meines Meisterstücks eingetrocknet sind. Auf dem Weg zum Meeting – ich war ohnehin etwas zu spät dran, da meine Glashütte aus irgendeinem Grund nachging – habe ich dann einfach den grünen Kuli mit der Sonnenblume am Klipp gegriffen, der aber jetzt auch nicht schreiben will.

Ich kritzele auf einem Block mit kleinen blauen Häschen herum, den wir letztes Jahr zu Ostern von einer Druckerei überreicht bekamen. Bisher hatte ich diesen 20-seitigen grafischen Supergau mit Todesverachtung gemieden, da erstens die kleinen Hasen mehr oder weniger sinnfrei auf dem Bogen verteilt sind und man bei längeren Notizen dazu gezwungen ist, die Fellpuschel wie kleine Inseln beim Schreiben zu umschiffen. Zweitens hat sich die Druckerei als besonderen Gag überlegt, jedem Ansprechpartner einen Block mit seinem persönlichen Namen zu schenken. Wie so oft, ist mein Vorname falsch geschrieben. Mein Handy? Liegt völlig restentleert in der Tasche. Zu Hause.
Ich leihe mir von Petra einen lilafarbenen Stabilo und

notiere neben dem feist grinsenden Hasen am oberen Blattrand: Patronen kaufen, Timer suchen, Handy aufladen, Uhren stellen.

Einen großen Teil meiner Aufmerksamkeit benötige ich, um für den Rest der Zeit Mister Perfect-Meeting und seine niederträchtigen Hinweise auf meine eigenen Unzulänglichkeiten zu ignorieren, aber ich schaffe es.

Erst als am Ende unserer Besprechung der Nachfolgetermin festgelegt wird und ich mit dem Ausmalen eines der Häschen gerade fertig bin, fällt mein Blick noch einmal auf seinen offenen Timer. Mozart – war es nicht Mozart, von dem behauptet wird, er hätte seitenweise Partituren einfach auf die Notenblätter geschrieben, ohne auch nur ein einziges Mal zu korrigieren? Wenn das stimmt, dann sitzt dort am Tisch mir gegenüber ein direkter Nachfahre. Ich nehme meine 0,5-Liter-Diddl-Maus-Tasse und verlasse mit allen anderen den Raum.

Zwei Stunden später liegen vor mir auf dem Schreibtisch ein schwarzes Time-System mit Krokoprägung, ein kleiner Timer in brauner Antiklederoptik und ein Handheld mit Lederhülle. Die teuren Errungenschaften aus zwei Jahren verzweifelter Suche nach dem richtigen Zeitmanagement, die dann nach einigen Wochen der lückenhaften Eintragungen in den großen Schubladen meines Rollcontainers verschwanden. Aber jetzt ist ein neuer Tag. Ich wurde wieder daran erinnert, wie professionell ein solches Arrangement stilvoller Business-Utensilien auf andere wirkt und möchte einen Neuanfang wagen.

Ich entscheide mich für das Time-System, weil die Einlageblätter in der Tat praktisch und übersichtlich sind und die schwarze Krokoleder-Hülle wirklich hervorragend zu meiner aktuellen Aktentasche passt. Ich muss ein wenig aufpassen, denn beinahe hätte ich die neuen, jungfräulich wirkenden Aktionslisten mit meinen Fingern fast vollends mit Tinte versaut. Ich habe nämlich in der Küche noch schnell den Montblanc-Füller in heißem Wasser eingeweicht. Die Tinte war total eingetrocknet – eine echte Sauerei.

Eine halbe Stunde später habe ich die notwendigen Monate, Budgetpläne, Europakarten, Währungstabellen, internationalen Vorwahllisten und Adressverzeichnisse eingeheftet. Natürlich leer. Das ist leider ein Argument für elektronische Systeme, da kann man seine Kontaktdaten aktualisieren und fertig. Aber das ist doch eher etwas für diese Pragmatiker aus der EDV-Abteilung, die keinen Sinn für Ästhetik haben. Ich brauche Freiraum bei meinen Notizen, kann die Kreativität meiner Gedanken nicht an die linearen Strukturen eines Computerchips anpassen. Ich brauche Blätter und einen Stift.

So, jetzt schnell noch die nächsten Termine eintragen ... einige der wichtigen Geburtstage übernehmen ... Adressen der häufigsten Ansprechpartner ... Visitenkarten kann ich übrigens auch in kleine Klarsichthüllen einschieben ... Aufgaben dieser Woche noch aufschreiben ... wo hab' ich denn den Zettel mit den Hasen ... da stand doch der Termin für unser nächstes Meeting drauf ... Mist, da fällt mir ein, der liegt voller Tinte im Mülleimer in der Küche.

Ich schlage also die Adress-Seiten meines neuen Timemanagers auf und schaue nach Petras Nummer. 276 wähle ich und lasse lange läuten – keiner hebt ab. Meine Glashütte geht nach, aber die Uhr im Display zeigt 18:45 Uhr. Ups. Die spontane Umorganisation meiner zukünftigen Tagesabläufe hat doch mehr Zeit gekostet, als ich dachte.

In der Küche trockne ich den Füller gut ab und stecke ihn in die Manteltasche. Mit dem Timer in der Hand schreite ich zum Aufzug und drücke »Abwärts«. Als sich die Tür öffnet, steht Mr. Perfect-Meeting vor mir.

Zwei Stockwerke weiter unten weiß ich: Mr. Perfect - Meeting heißt eigentlich Karl Auer. Vor zwei Tagen hatte er hier im Unternehmen den ersten Tag und seine Mutter hat ihm zum Start einen sündhaft teuren, aber doch vollkommen unpraktischen Filofax geschenkt. (Ich war natürlich völlig überrascht und mir war am Morgen im Meeting auch nichts aufgefallen).

Drei Stockwerke weiter unten: Der Füller ist ein Geschenk seiner Freundin zum bestandenen Examen, obwohl er zugegebenermaßen ein Freund der Stabilo Minenschreiber ist.

Vier Stockwerke weiter: Er findet Handhelds so praktisch, weil man nicht alles mit der Hand umtragen muss und dadurch echt Zeit spart. Es gibt tatsächlich Leute, die stundenlang damit beschäftigt sind, ihren Timer zu aktualisieren, statt die Zeit sinnvoll zu nutzen (Ich lache laut auf und pflichte ihm vollkommen bei).

Erdgeschoss: Er arbeitet in der EDV-Abteilung.

Nicht Schönheit entscheidet, wen wir lieben.

Die Liebe entscheidet, wen wir schön finden.

Sophia Loren